保護寶貝蛋
管家琪◎著
郭莉蓁◎圖

推薦序

態度決定了人生高度

許建崑（前東海大學中文系教授）

管家琪老師「有品故事系列」套書十冊出齊了！最先發行的《膽子訓練營》、《勇敢的公主》、《粉紅色的小鐵馬》三本書，似乎是帶領著讀者勇敢的跨進四年一班教室。

第一本，藉著新來的同學丹禎放下「隱形朋友」，與班上同學融為一體，作為故事的軸心；卻也可以看見班導陳老師照顧學生的耐心與膽識。第二本，為了班級話劇比賽，全班同學卯足全力，選角、扮演、排戲，還真熱鬧。可是在演出前夕，發現與隔壁班的戲碼相同。扮演公主的繽繽必須變通，而班上的同學又能齊心合作，達成任務，勇敢、機智、合作的特質，呼之欲出。第三本，主題看似「繽繽學車記」，說明

「堅持就能成功」。可是呢？管家琪老師利用繽繽三次與粉紅小馬相伴的夢境，帶來優美而迷離的氣氛；又讓陳老師引導同學思考「二十年後的我」，寫下短文，而文中的每個小小志願，都像一朵朵綻開的蓓蕾，令人讚嘆。

四年一班的故事，當然不只這些！七本新書，帶給我們更多的訊息。

班長巧慧是陳老師的好幫手，冷靜、理性，擁有強健的心理素質，家庭的教養給她很大的助力。在《椅子會唱歌？》中，劉家大厝改建，伯叔重聚故里，儘管三兄弟的成就大有不同，與父親曾有的互動，有百依百順的，有爭執衝突的，也有抱憾在心的，但都是因為「愛」的緣故啊。巧慧跟著爸爸、媽媽回家，與堂哥、堂妹去老宅探險，聽見椅子搖擺的聲音，還以為是爺爺的靈魂回來，坐在椅上搖啊搖。全家人對爺爺的思念，都在不言中。

與巧慧最要好的同學繽繽，綽號「冰淇淋」，卻有完全不同的性情，活潑、感性，勇於嘗試，也敢於認錯。因為作文本沒拿回來，忘了寫作文，跟老師謊報作文本丟在公車上。管家琪老師以《對面的怪叔叔》為題，創造一位拖稿未交的鬍子作家，謊稱照顧一隻從樓上跌下來的貓；來對比繽繽說謊的行為。誠實真好，說謊很累人，因為「每說一個謊，要用二十個謊言來掩飾」呢！

看見同學養寵物，繽繽也動心。《懷念小青》故事寫下繽繽養了兩隻小烏龜，最後不敵病菌感染，雙雙去了天國。繽繽把心中的遺憾說給楊校長聽；回家後，她要去幫助鄰居的森森，好好照顧小白狗。

養寵物之外，繽繽陪奶奶在陽臺種蔬菜，也是個新鮮的經驗。樓下森森的外婆有志一同，也來種菜，森森卻想「揠苗助長」，讓菜苗長高一點。在《好預兆》中，還有兩條脈絡：第一、福利社的阿姨很生氣，因為她的孩子龍龍為了做直銷，回家要錢；第二、爸爸的朋友老鬼，以「算命」為手段，誘引爸爸加入直銷。故事結束在校園開出了一片農田，請龍龍來負責耕作，讓班上的孩子也來實習。精緻的結構，說明勤勞才有結果，想「一步登天」要不得。

故事中有四個比較搶眼的男生。幼稚園大班的森森，常有些滑稽舉動，添加笑點，不過他卻比繽繽先學會騎腳踏車呢。

李樂淘與李家富是一對班寶，有點像美國好萊塢影片中的喜劇雙人組合勞萊與哈台。樂淘喜歡搧風點火，家富則是大喇叭，兩人可以把小小事情掀成狂風暴雨。那一天，陳老師帶一箱雞蛋來教室，發給大家「照顧」，好體會父母撫養子女的辛苦。不到半天，很多人打破了，就來搶其他同學的雞蛋。恰好隔壁班的宋小銘來串門子，他銳利的眼睛，發現樹上有個鳥巢，班上同學又爭相爬樹去看小鳥。混亂的場景，無法收拾，還驚動了楊校長。這就是熱鬧的《保護寶貝蛋》！

宋小銘家教較嚴，奶奶強迫他假日陪伴去市場撿寶特瓶，被同學傳述，覺得很丟臉。他把奶奶做的小紅布包送給了繽繽，卻讓森森的外婆發現，小布包的製作人曾有幫助窮人的義舉，新聞報導過。原來，小銘的奶奶勤儉、積聚，並不是自私自利的行為。《紅色小布包》一書中，說明了勤儉的美德，也間接暗示家人更須相互溝通了解。

最熱鬧的故事是《藏在心裡的疤》。班上同學鬧事，訓導主任要班長記下名字，巧慧獨漏了繽繽的名字。樂淘為什麼會起鬨呢？家富為什麼要生氣呢？繽繽又如何加入戰局呢？巧慧做出不誠實的行為，該怎麼對陳老師負責呢？恰巧陳老師的國中同學何美麗來訪，勾出當年化學實驗課誤傷美麗，留下永遠疤痕的往事。沒有人不會犯錯，但犯了錯就該坦承道歉，好好溝通，自然可以贏回友誼。

透過這十本書，管家琪老師把四年一班的師生給寫活了，但她也想要點出這些孩子的性情都是原生家庭培養出來的，如果家庭和睦，夫妻、婆媳、父子、母女溝通良好，孩子自然健康、開朗，未來也會有良好的處世態度。而「態度決定了人生的高度」，就是管家琪老師投入「有品故事系列」書寫最大的目的吧！

自序

愛是善之泉

管家琪

人性本來就是善惡並存的，我們受教育的目的，就是學習如何盡量發揮善的一面，同時摒棄，至少是盡量克制惡的一面。

如果要問人性之中所有惡的本質，那應該就是「自私」了。「自私」像是一個啟動裝置，會激發出其他的惡。首先，一個人如果自私，必定就會自利（所以才會有「自私自利」這樣的說法啊）。當然，任何人都可能會有些私心的，但是只要良知未泯，總能節制這份私心，不至於迷失，也不至於做出一些有違道德的事。而一個過分自私的人，卻總是以自我為中心，道德也就沒有底線，因為就算是不合道德之事，他也必然會有一番歪理來為自己開脱。

只有仁愛，能夠克制自私，更能激發出其他的善。一個具有仁愛之心的人，必然能夠將心比心，並且處處心懷感恩。如果人人都能懂得仁愛與感恩，就不會有那麼多的社會問題，一個「幼吾幼以及人之幼，老吾老以及人之老」的社會也才有可能實現。

目錄

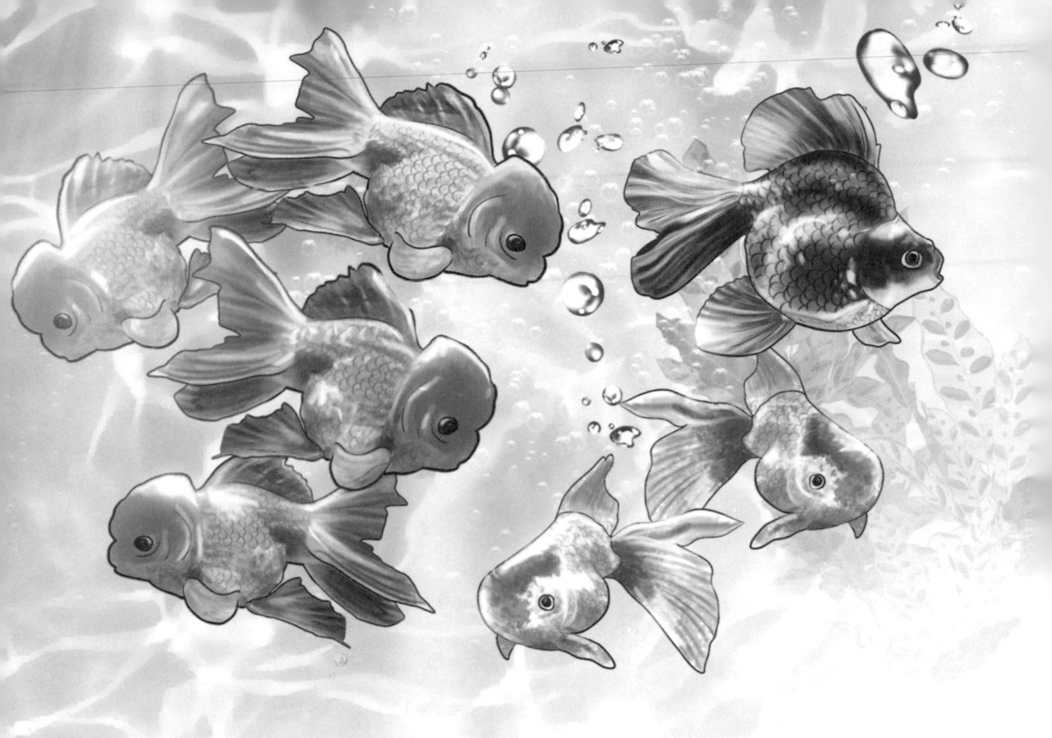

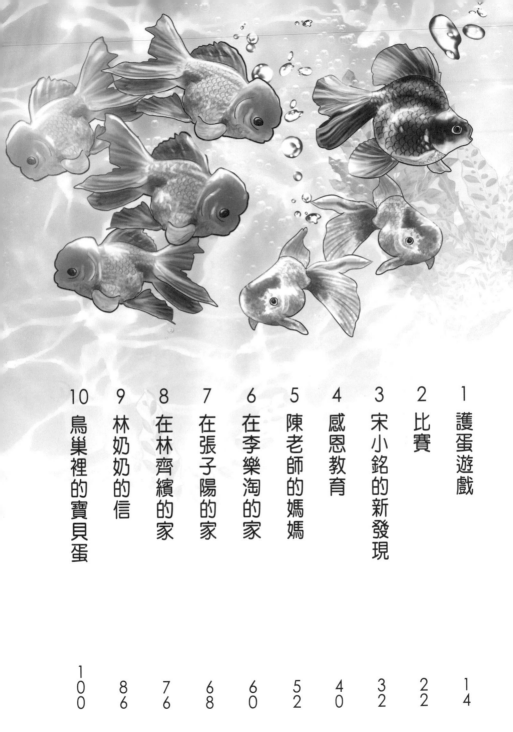

出場人物

劉巧慧

四年一班的班長，冷靜、理性，而且細心，是班導陳老師的好幫手。

森森

本名鄭文森，活潑開朗的幼稚園大班生，住在繽繽家樓下。

齊繽奶奶

和藹可親，喜歡和繽繽講故事，週末時一起看卡通。

林齊繽

小名繽繽，個性活潑、喜歡挑戰不同事物。和巧慧是最要好的同學。

張子陽

運動健將，大嗓門，經常和李樂淘在班上調皮搗蛋。

潘老師

陳老師的媽媽，退休的小學老師，擁有豐富的教學經驗。

陳老師

本名陳小靜，本系列核心人物，四年一班導師，對教學充滿熱情。

李樂淘

好動，是班上有名的調皮鬼，下課時常在走廊上追趕跑跳。

宋小銘

隔壁班同學，和李樂淘是好朋友，喜歡新奇有趣的事。

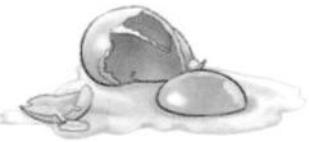

護蛋遊戲

上課鈴聲一響，大家都迅速坐下來，紛紛滿懷好奇的望著教室門口。

在上一堂課下課前，陳老師做了一個預告，說這一節要上一堂特別的課。大家都在想，會是一堂什麼樣的課呢？

很多小朋友都在猜，老師大概又會帶他們到外面去上課吧。陳老師曾經在語文課的時候，帶他們去操場放過風箏，或者讓他們無所事事的看雲。即使還是待在校園裡，並沒有離開學校，可是只要是離開教室，仍然有一種小小的很像是郊遊的感覺，讓小朋友們都感到非常輕鬆，光是這一點就已經足夠讓大家高興半天啦。

很快的，陳老師出現在教室門口。大家都立刻注意到老師捧著一個紙箱。

不用說，這個紙箱裡一定有什麼名堂。裡頭會是什麼東西呢？每一雙小眼睛都緊緊盯著那個神祕的紙箱。

陳老師忽然笑了出來，「哇，今天好像特別安靜啊！」

可不是，平常老師在剛進教室的時候，教室裡往往還像一個吵得翻天的菜市場，大部分的小嘴都還在忙著說話，那些一大堆囉哩囉唆的嘰嘰喳喳都是從下課就開始的，直到上課，一時之間都還停不下來，今天顯然是因為好奇，大家都在猜老師的葫蘆裡到底是在賣什麼藥，這麼一來，心思一集中，嘴巴自然就閉上了。

李樂淘已經沉不住氣了，大聲問道：

「老師，紙箱裡是什麼東西？」

老師把紙箱放在講桌上，笑著反問：「你們猜呢？」

老師在這麼問的時候，臉上還帶著一種惡作劇的笑容，那個意思顯然是說「你們一定猜不到」！

小朋友們都意識到老師今天好像不是要帶他們去操場，否則現在應該已經開始叫他們排隊啦，怎麼還會要他們猜來猜去。

會不會是又要辦慶生會？有不少小朋友剛這麼一猜，就想到上個禮拜不是才剛剛辦過一次慶生會，應該不會這麼快又要辦吧？但這會兒大家都覺得這好像是最可能的答案了，因為在辦慶生會的時候，老師都會帶著好幾個裝著好吃東西的袋子進來，今天不是袋子而是一個紙箱……這麼一想，大家馬上爭先恐後、七嘴八舌的嚷嚷著，大部分都是猜糖果餅乾，反正都是猜好東西；這是因為光是看陳老師那副笑咪咪的樣子，大家就能強烈的感覺到，紙箱裡一定是有什麼好東西。

老師看大家都那麼興奮，嚷得那麼熱烈，生怕場面失控，趕緊伸出兩隻手做出往下壓的動作，急急的說：「噓，安靜一下，別吵到別班的小朋友！好了，別猜了，我來宣布答案，你們一定猜不到。」

哦，居然不是糖果餅乾？那會是什麼呢？教室裡一下子又安靜下來。

老師的手開始動了。大家都仔細的盯著老師的手。

只見老師的手伸進紙箱，然後——拿出了一顆雞蛋！

啊，居然會是雞蛋？小朋友們發出一陣驚呼，這實在是太出乎他們意料之外了！

又是李樂淘，第一個疑惑的問道：「老師，你叫我們吃雞蛋？」

大家都在想，不會吧！

「當然不是，」老師說：「你們別老是只想到吃啊，我是要你們保護這顆雞蛋。」

保護雞蛋？什麼意思啊？

「我現在給每個小朋友發一顆雞蛋，然後呢你們要好好的保護它，看看到下午放學的時候，有多少小朋友的雞蛋還是好好的，」老師看看大家，笑咪咪的說：「這個活動就叫做——『護蛋遊戲』。」

說著，老師就開始一個一個小心翼翼的發雞蛋，小朋友呢則是一個一個小心翼翼的接過雞蛋。大家的情緒都有些緊張，有些新奇，也有些激動。

老師說：「大家注意，這一顆小小的雞蛋，是非常脆弱的，從現在開始就全靠你來保護了……」

可惜，老師的話還沒有說完，就聽見「啪！」的一聲，已經有人不小心把雞蛋掉在地上了。

比賽

在這堂課都還沒有下課，就已經有好幾顆蛋「完蛋」了。其中幾個小朋友還因此弄髒了衣服。

「哎，你們要小心哪！」陳老師反覆叮嚀，「都一再講要你們好好保護自己的雞蛋了啊。」

幸好，大部分小朋友的雞蛋都還是完好的。

陳老師說：「加油喔，下午快要放學的時候，我們再來看看誰的雞蛋還是完好的，老師會有獎品。」

說完，陳老師就走了。

接下來，這一堂的下課時間真是出奇的安靜，大家都出奇的斯文，生怕一不小心寶貝蛋就要完蛋。

就在一片安靜之中，張子陽忽然大聲說：「我看下一個完蛋的一定是李樂淘的雞蛋。」

好多同學一聽就笑了。大家都覺得這個「預言」挺準的；李樂淘是班上有名的調皮鬼和好動鬼，說起來現在一節課都結束了，而他的雞蛋居然還是好好的，這已經是奇蹟了，大家都覺得李樂淘一定撐不了多久。

李樂淘呢，當然不服氣，馬上就回了張子陽一句：「你才會完蛋呢！我一定會保護得比你還要久！」

張子陽說：「那我們來比賽好了，我一定可以保護到放學！」

李樂淘不甘示弱，「那我一定也可以！」

李家富，是李樂淘的好朋友，與李樂淘是班上有名的「二李」，立刻給好朋友打氣，對李樂淘說：「加油！我們一起加油！」

李樂淘心想：「這有什麼難？我一定可以的。」

為了保護這個寶貝蛋，李樂淘打定主意，從現在開始，今天整天他一定都要很慢很慢的走路，不要再像平常那樣用跳的蹦的衝的了，還有，沒事最好也別出去，最好就一直待在教室裡看著寶貝蛋，這樣比較安全……

想到這裡，他抬眼看一下牆壁上的時鐘——天啊，現在才九點多，離下午放學還有好幾個小時！

李樂淘忽然有一點擔心，方才滿滿的信心，在短短的一瞬間就已經開始動搖。不過，也沒擔心太久，他馬上又趕緊暗暗給自己打氣，「加油！加油！一定可以的，一定沒問題的！對，今天我就哪裡都不去好了！」

正這麼想著，隔壁班的宋小銘一臉興奮的出現在走廊上，透過窗戶一邊搖著手一邊喊著：「李樂淘，快出來！有好玩的東西！」

李樂淘扯著嗓子問：「什麼啦？」

「你快出來！我帶你去看！快點啦，等一下就要上課了！」

李樂淘有一點猶豫，「到底是什麼啦？」

「你快出來嘛！」宋小銘還在一個勁的大聲催促：「快點啦，要來不及了啦！」

附近的幾個女生都開始抗議了，紛紛說：「喂，李樂淘，有話就出去講，別在這裡一直吼，吵死了。」

李家富不愧是李樂淘的好朋友，很能理解李樂淘此刻明明想要出去，但是又不放心寶貝蛋的心情，於是就很義氣的主動對李樂淘說：「沒關係，你去吧，我幫你看著。」

「喔，對喔，謝謝！謝謝你提醒我，」李樂淘的眼睛一亮，馬上轉身就拜託坐在自己後面的班長劉巧慧，「拜託啦！拜託幫我看一下！我馬上就回來！」

原來，李樂淘是不放心李家富哪，但是他很感謝李家富給了他一個好點子；那就是——只要好好的把寶貝蛋託付一下，還是可以出去跑一跑的。

宋小銘的新發現

宋小銘是李樂淘幼稚園時的好朋友，後來上了小學以後，雖然沒能被分在同一班，好歹還是在同一個學校、同一個年級，所以還是有機會經常在一起。再說，或許是因為李樂淘有李家富這樣的好朋友，宋小銘在自己班上卻沒有碰到很投緣的，所以就還是喜歡經常跑過來找李樂淘，特別是當他發現有什麼新鮮好玩的事情時，一定是第一個就想到要過來告訴李樂淘。

宋小銘就帶著李樂淘一直往樓下衝，嘴裡還一直說：「快點快點！」

在二樓轉角處，兩人還差一點就迎頭撞上了楊校長！

「小心一點！慢慢走！」楊校長說：「上下樓梯跑什麼跑，多危險！」

楊校長對小朋友的態度向來是很和善的，難得聽到校長的口氣有一點凶凶的，把兩人都嚇了一跳，趕緊異口同聲說了一聲「對不起」，然後就慢慢的往下走，不敢再用衝的了。直到走到一樓，帶路的宋小銘才又加快了腳步，採取「快走」，兩人一前一後很快就來到廚房附近的一棵大樹下。

「快看快看！」宋小銘伸著手一直往樹上指，語氣很興奮。

李樂淘一時之間還是摸不著頭緒，他一邊也拚命往上看，一邊則是納悶的問著：

「到底是要我看什麼啊？」

「看那個鳥巢啦！看到沒？」

李樂淘順著宋小銘右手所指的方向，努力看了半天……

「啊，看到了！看到了！」

李樂淘高興的說：「真的有一個鳥巢耶！」

宋小銘說：「你終於看到啦！真是急死我了。是我剛剛才發現的。」

「奇怪，是什麼時候有的啊？」

李樂淘記得從《動物世界》之類的節目看過鳥媽媽是如何築巢，那是一個很辛苦的過程啊，不可能是在很

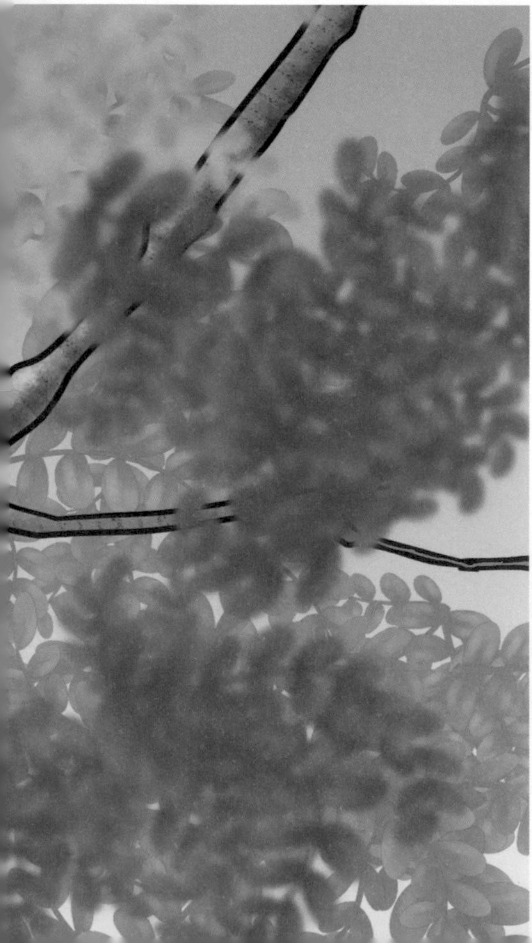

短的時間之內就能夠築好的，他覺得很奇怪，這個鳥巢到底是從什麼時候開始築的呢？怎麼他們一直都沒有發現？

宋小銘說：

「我也不知道啊，反正我就是剛才無

意中看到的。」

「那你有沒有看到小鳥？」

「沒耶，什麼小鳥都沒看到——」

這時，上課的鈴聲又響了。兩人來不及繼續討論下去，只好先趕快回到班上去。

一回到班上，在從班長劉巧慧那裡把自己的寶貝蛋領回來的同時，李樂淘也興高采烈的大聲宣布好友宋小銘的新發現——有一個小鳥家庭搬到他們的學校裡來了！

很快的，全班小朋友都知道了這個消息。

值日生

感恩教育

按照陳老師原本的計畫，是想把「護蛋遊戲」進行到下午快要放學的時候，然而事實上後來連中午都還沒到，就已經不得不匆匆叫停。

當陳老師正在辦公室裡改作業的時候，班長劉巧慧跑來報告，說班上小朋友的雞蛋一大半都已經打破了，而已經「完蛋」的小朋友又一直在鬧那些雞蛋還好好的小朋友，把那些小朋友氣得又叫又罵，總之，現在教室裡髒得要命，也亂得要命，她管都管不了。

陳老師一聽，倒抽一口冷氣，趕緊把改到一半的作業一放，急急忙忙的就往班上趕。

還沒走到班上，隔著大老遠，就已經聽到一陣鬧哄哄的聲音。

陳老師加快了腳步。一走進教室，放眼一看……哎呀，果真是一塌糊塗！

不但桌上、地上有好幾攤破蛋的痕跡，好多小朋友的衣服也都是髒兮兮的，還有幾個小朋友在哭。

「怎麼回事？」陳老師問哭得最大聲的林齊繽。

林齊繽哭哭啼啼的說：「李樂淘自己的雞蛋破了，就一直來搶我的……」

「哎哎哎，是張子陽先過來搶你的，你怎麼不說呀！」李樂淘反駁道：「我只是跟著他一起搶而已啊！」

意思就是說——

「我只是跟著他一起起鬨而已啊！」

原來啊，不久前

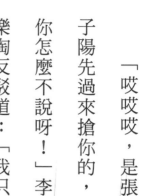

還口口聲聲說要比賽誰能夠把雞蛋保護到放學的張子陽和李樂淘，都已雙雙「完蛋」，而且這兩個小男生幾乎都是在自己「完蛋」的那一瞬間，就立刻開始跟其他的小朋友搗蛋了。

陳老師搖搖頭，

趕緊對著全班小朋友大聲的說：「好了好了，都不要吵了，也不要哭了，大家趕快把地上打掃乾淨，把桌子擦一擦，衣服也要擦乾淨，大家趕快安靜下來，聽老師說……」

陳老師耐著性子把這幾句話一連重複了好幾遍，好不容易，總算是把場面給控制住了。

等到把殘局都大致收拾好了，班上也都安靜下來了，陳老師看看大家，「唉，你們喔……」

陳老師停下來，沒再說下去。她不想開口就罵小朋友，她覺得自己需要鎮定一下。

大家都乖乖的等著陳老師繼續往下說。

終於，陳老師覺得自己可以跟小朋友們好好的說話了。

「知道老師今天為什麼要帶大家玩這個『護蛋遊戲』嗎？」

小朋友們零零落落的說「不知道」。

「老師當然不是要讓你們用雞蛋來玩、來鬧、來搗蛋，老師是想做一個『感恩教育』，大家想想看，生命是多麼的脆弱啊，要保護一顆雞蛋是這麼的困難……」

說到這裡，陳老師看看大家，輕輕嘆了一口氣，「不過，說真的，我還真沒想到對你們來說會是這麼這麼難，我還以為可以把這個活動進行到下午呢……」

接著，陳老師繼續跟小朋友們說，所謂感恩教育，除了要感謝父母賜給我們生命，同時也要感謝大自然，感謝我們周遭的環境以及一切的生命，然後在經常心懷感恩的同時，也要經常打心底的對周遭的人事物都能付出關愛，並且在愛護一切生命的同時，也要愛護我們的環境。

最後，陳老師告訴大家：「今天有一項特別的功課，大家回去以後，要跟家人說一句『我愛你』……」

李樂淘大聲問道：「跟每一個家人都要說嗎？」

「嗯，最好是跟每一個家人都說。還有，請大家都找兩張圖片，一張是大自然的美景，還有一張是你喜歡的動物，明天帶來，在課堂上我們一起來分享，一起感恩。」

說到這裡，陳老師暫時告一個段落，準備要將今天的活動收尾了，「老師早上說過，有誰的雞蛋保護得最好，老師就會有獎品，現在我們看看，有哪些小朋友的雞蛋還是完好的？」

只有寥寥幾個小朋友舉手，都是女生，其中包括了班長劉巧慧，還有林齊繽。

「啊，這麼慘？」陳老師輕輕說道，然後拿出幾張夾在書裡的明信片，

都是一些風景明信片，譬如阿里山啦、日月潭啦、陽明山啦、基隆港啦，還有一些動物的圖片，譬如臺灣黑熊啦、北極熊啦、小花貓啦、小白兔啦。

陳老師先把這些圖片和風景明信片向全班小朋友做了一個展示，對大家說：「你們看，這些地方是不是很美，這些動物是不是很可愛，我們擁有一個多麼美的地球啊，難道不應該心懷感恩嗎？」

接著，陳老師就把這些圖片和明信片一一發給那些雞蛋完好的小朋友。原來這就是獎品。

「這些都是老師收集來的，明天等你們把圖片帶來，我們再一起分享，好不好？」

這時，劉巧慧舉手了。

「嗯，巧慧，有什麼問題？」

「這顆雞蛋怎麼辦？」

對呀，既然「護蛋遊戲」到此結束，那這些倖存的雞蛋要怎麼辦呢？

陳老師似乎也沒有什麼好的想法，因為之前當她在設計教案的時候，並沒有考慮過這個問題呀！

「要不我們就拿去給廚房的阿姨？」陳老師徵詢小朋友的意見。

「老師，」李樂淘說：「這樣其實不管我們怎麼想盡辦法來保護，這些雞蛋總是會完蛋的，是不是啊？」

陳老師一時有些啞口無言，稍稍愣了一下，才勉強說道：「呃，可是，老師是希望你們能夠從保護雞蛋的過程中，體會到要呵護一個生命是多麼的不容易……」

就在這麼說的時候，陳老師的腦海裡同時出現了一些別的聲音；她突然感覺到自己這個教案好像設計得蠻失敗的，不過，此刻她也沒有辦法，只能夠硬著頭皮繼續又扯了一會兒。

幸好，小朋友都好乖，都在乖乖的聽她說，沒人跟她搗蛋。

陳老師的媽媽

陳老師有些鬱悶的回到家。

陳老師的母親正在客廳看報紙，一看女兒的神情就知道女兒肯定有心事。

（接下來我們就稱呼她「潘老師」吧，因為她在退休之前確實是一位小學老師。）

「怎麼啦？在學校裡發生了什麼事嗎？」潘老師關心的問。

「唉，我覺得今天的教案好像設計得很失敗。」

「什麼教案？」

陳老師於是大致說了一下。

「哎，你怎麼不先跟我商量一下呢？」

「因為……我怕說了以後會被你否決。」

「可是你確實是有考慮不周的地方，難道我還不能說啊？畢竟媽媽我也是做了這麼多年的老師啊。」

陳老師沉默了。她知道母親說得沒錯。照說從母親身上，她確實應該可以吸收到不少寶貴的經驗才是，可是，大概是有點害怕會被母親否定吧，所以陳老師在設計教案的時候，通常都並不是那麼喜歡徵詢母親的意見，除非剛好被看到，那麼母親如果要指教什麼，就算她不是很認同，也還是會讓母親說一說的。

自從爸爸走了以後，這麼多年以來，家裡一直就是她們母女倆相依為命，就算母親有時候似乎有一點強勢，做女兒的總是不忍心頂撞母親。

潘老師呢其實也很清楚女兒的心思，知道女兒不主動找她交流教學經驗，無非是因為不喜歡老是被潑冷水，但她就是沒有辦法一味的贊同女兒的很多想法，而且她的肚子裡也憋不住話，如果有什麼不同的意見總是非要說出來不可。

比方說，現在聽了女兒這個「護蛋遊戲」的教案以及預期的教學目標以後，潘老師很快就說：「我覺得你這個活動，如果直接用來講孝順不是比較直截了當？說什麼感恩，才小四的小孩子能懂嗎？還扯到什麼尊重生命、愛護環境，扯得太遠了吧！小孩子能理解嗎？」

「可是我最初的想法就是想讓孩子們心懷感恩啊，我覺得這是一切的基礎。媽，你想想啊，如果對父母心懷感恩，自然就會孝順；對大自然心懷感恩，自然就會欣賞與愛惜；對一切的資源心懷感恩，自然就不會浪費；最重要的是，如果對周圍的一切經常都是心懷感恩，心態就會比較平和，也自然就比較能夠與人為善……我就是想把這些想法傳達給我班上的小朋友啊。」

潘老師還是搖頭，「對小四的小孩子說這些實在是太抽象了啦！而且，你還花錢買這麼多雞蛋，這簡直是吃力不討好啊，我擔心家長也不會高興的！」

「是嗎？」陳老師忽然有一點不安。

「其實啊，我還是覺得你應該把精力放在盯緊學生的學習上，只有學生的學習成績好，家長才會高興，學習成績才是家長最看重的，否則你做死做活家長都不會領情的！你怎麼總是不肯聽勸呢！」

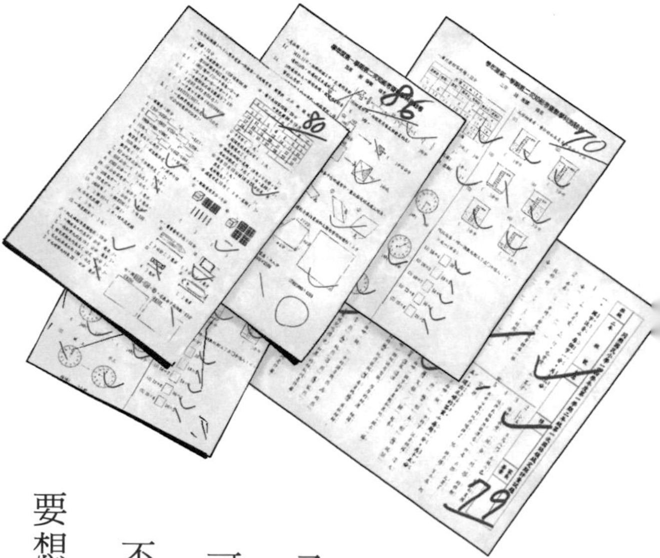

「可是……我就是覺得學習成績不是全部，一個人還是德行最重要啊，」陳老師說：「我承認今天的教案的確設計得不理想，可是也就只是教案設計的問題，我並不覺得我的理念是錯的。以後我還是要想辦法用更好的方式，把我的想法傳達給孩子們。」

「唉，隨便你吧，反正你從來都不聽我的！」潘老師不太高興了，低下頭繼續看自己的報紙。這也就表示談話結束了。

陳老師也沒有再多說什麼，默默的站了起來。不過，就在她轉身想要回到房間的時候，陳老師忽然想起，自己今天在學校裡交給小朋友的那份特別的家庭作業。

「媽媽……」

「嗯？」

此刻，陳老師站著，剛好可以清清楚楚的看到母親花白的頭髮，以及有些稀疏的頭頂，再看看母親架在鼻梁上那副頗有歷史的老花眼鏡，忽然頗有感觸。

「我想跟你說……」陳老師頓了一下，輕輕的說：「我愛你。」

「說什麼傻話，幹嘛要突然這麼肉麻啊？怪里怪氣的，我又沒有真的生氣。好了，你先去休息一下吧，等我看完這一段就去炒菜了。」

在李樂淘的家

李樂淘一進家門，媽媽一看到他的衣服，眼睛幾乎都要瞪圓了。

「媽媽！」李樂淘趕緊說：「在你發脾氣以前，請你先等一下，聽我說！」

但是，媽媽顯然一點也沒有聽見李樂淘在說什麼，只是快如閃電的衝過來，抓起李樂淘的外套就研究起來。

「這個黃黃的是什麼東西啊？不會是……」

媽媽湊前一聞，馬上皺起了眉頭，「啊，好難聞，可是，這不是雞蛋的味道嗎？」

（她的心裡同時也鬆了一口氣，幸好不是「那個」！）

「是啊，我的雞蛋不小心打破了，結果就弄到衣服上了。」

「你帶雞蛋去學校幹嘛？」

「不是我們家的雞蛋啦……」

「那就是廚房裡的？你沒事跑到學校廚房裡去拿人家的雞蛋幹嘛？一定被老師臭罵一頓了吧！」

「才沒有，雞蛋是老師給我的。」

「什麼？」媽媽簡直不敢相信，「你是說，老師帶著你去廚房玩雞蛋，然後打破了人家的雞蛋？你們老師發什麼神經啊？」

「不是啦，老師不是叫我們玩雞蛋，是叫我們保護雞蛋，只是保護雞蛋實在好難，除了幾個女生，其他人都失敗了。」

媽媽愈聽愈糊塗，「你可不可以從頭講啊，講慢一點，我實在聽不懂你在說什麼！好端端的，老師幹嘛要叫你們保護雞蛋啊？有誰要來偷廚房的雞蛋嗎？還有，總共要你們保護多少個雞蛋呢？」

李樂淘也覺得累死了，「是每一個人都要保護好自己的雞蛋啦！」

他努力跟媽媽解釋了半天，媽媽好像終於有一點明白了。

「你們老師真奇怪啊，不好好上課，做這些奇奇怪怪的活動幹嘛？咦，等一下，」媽媽突然想到了一個重要的問題，趕緊問道：「打破的雞蛋要不要賠？」

「沒有啦，不用賠。」

「那這些雞蛋是誰買的？」

「當然都是老師自己買的啊。」

媽媽的眼睛又瞪大了，「老師自己花錢買一大堆的雞蛋，然後發給你們，叫你們保護？開什麼玩笑，這要怎麼保護、這怎麼保護得了啊！好了好了，趕快脫下來，我趕快來洗一下！你們老師實在是太奇怪了！」

「媽媽，那老師今天還安排了一項作業，我猜你一定也會覺得很奇怪。」

「什麼？」

「我……我愛妳。」

「你神經呀，快點把髒衣服脫下來，聽見沒有？」

「我愛你。」李樂淘一邊脫外套，一邊又把「作業」說了一遍，然後還補充說明道：「這一句本來是要說給爸爸聽的，不過他回來的時候我一定已經睡了，所以我就說給你聽，你再幫我說給他聽好了！」

在張子陽的家

張子陽到家的時候，和平常一樣，爸爸媽媽都還沒有回來。

他把沾了很多蛋漬的外套脫下來，拿一個臉盆裝水，然後把外套泡在水裡。放洗衣粉的時候，份量沒控制好，一下子放得太多了。

他換了衣服，從冰箱裡拿了一瓶飲料，邊喝邊走到客廳魚缸前去看金魚。

這個魚缸是爸爸最近剛剛買的。其實爸爸對養魚並沒有什麼興趣，他只是聽朋友說，每家客廳都有一個「財位」，而在「財位」上養魚，就會「風生水起好運來」，財運亨通。

自從買了這個魚缸以後，爸爸就規定張子陽負責給魚兒餵食，說能培養他的責任感，還有其他一大堆什麼這個感和那個感的。一開始，張子陽很不情願，因為他不喜歡那些金魚，他覺得那些金魚的腦袋都好難看，都像是被誰海扁了一頓後腫了好多包似的，害他都不敢多看，而且這些金魚的肚子又都好大，好像隨時都會脹破，還有，牠們身上的顏色也很亂，都是紅一塊、白一塊、黃一塊的，就像是有人打翻了調色盤，更不要提那個大尾巴有多誇張，使這些金魚看起來一個個都是花枝招展，都像是穿著晚禮服一樣。

總之，最初張子陽對這些金魚實在是沒有什麼好感，可是，說也奇怪，在照顧了一小段時間以後，他偶爾會在餵食之後，停下來對這些金魚多看幾眼，而看多了以後，他開始覺得這些金魚其實還滿可愛的。

「嗨，你們好嗎？」張子陽輕輕的敲敲魚缸，想要吸引魚兒的注意。

看了一會兒，張子陽忽然有一個衝動。

他對著魚兒溫柔的說：「我愛你。」

這句話似乎是在突然之間自然而然的就脫口而出，就連張子陽自己都覺得有點奇怪、有點不大自在。他抓抓腦袋，離開魚缸，走到沙發旁，坐下來打開電視開始看卡通。

過了好一會兒，肚子開始有點餓了，媽媽終於到家，她一臉疲憊。

「又在看電視！作業寫完了沒有？」

張子陽應了一聲，「今天的作業不多。」

「作業不多也要趕快寫啊，不要又拖拖拉拉總是拖到後來都要睡覺了還在寫，而且，作業寫完了也可以寫考卷啊，考卷買了就是要寫的啊，怎麼這麼不自覺啊？」

張子陽看了媽媽一眼，然後就站起來關了電視回到房間。

過了一會兒，媽媽又怒氣衝天的衝到他的房間來。

「你的外套是怎麼回事？不是才剛剛洗乾淨的嗎？怎麼才一天的

工夫就弄髒了？你一定是又在學校裡調皮搗蛋了？你怎麼這麼不聽話啊！還那麼浪費洗衣粉！倒那麼多幹嘛！」

媽媽一口氣就罵了一大堆，張子陽就算想要解釋也沒辦法，何況，他也懶得解釋，因為每次他才剛剛開口說「我不是故意的」，總是反而會引來媽媽更多的批評，這讓他感覺到或許乾脆什麼也不說，趕快讓媽媽罵完還更省事。

終於，媽媽罵完了，交代張子陽再過二十分鐘以後就出來吃水餃，還說今天晚上爸爸不回來，他們兩個隨便吃。

稍後，張子陽吃過水餃，又立刻躲回房間。

等到作業都寫完了，陳老師說要找的圖片也找了（這個很容易，他只要拿出不久前替自家金魚拍的一張照片就可以了），張子陽在收書包的時候，想到還有一項作業沒做。

他打開房門，走到客廳，看到媽媽正在看連續劇。

媽媽一看到他從房裡出來，立刻就問：「作業寫完了嗎？」

「差不多了。」

「什麼叫做差不多？那就是還沒有寫完，那就趕快去寫啊，還出來玩什麼！也不看看現在都已經幾點了？」

張子陽應了一聲「知道了啦」，然後就低低的走到魚缸前面嘰嘰咕咕一番。

「你在那邊囉唆個什麼勁呀？趕快去寫作業啊！」媽媽的聲調比

之前更高了。

張子陽呢，嗓門也不小，大聲說：「這就是作業啦！講完了！」

然後掉頭就回房裡去了。

媽媽看著他，忍不住在心裡嘀咕著：「現在的小孩怎麼搞的，都是這樣陰陽怪氣的嗎？怎麼說話總是東一句西一句的，害我一點也聽不懂！」

在林齊繽的家

林齊繽一回到家，一看到奶奶，馬上上前抱住奶奶，「奶奶，我愛你。」

奶奶笑了，「小嘴怎麼就跟塗了蜂蜜似的，這麼甜啊。」

「這是我們今天的家庭作業。」

「什麼意思？」

「老師要我們跟家人說『我愛你』，而且是要跟每一個家人都說。」

「你們老師怎麼這麼有意思啊。」奶奶笑咪咪的說。

「我現在就來打電話給爸爸媽媽，先把這項作業做了，免得等一下我忘了。」

說著，繽繽放下書包，先撥通了媽媽的手機。

「繽繽，什麼事？」媽媽的口氣有一點急。

「沒事，只是要跟你說『我愛你』。」

「就這樣？好了好了，媽媽也愛你，可以了吧？沒事我就先掛了，我還有事，等晚上回去再說。」

接著，繽繽又打電話給爸爸。一連響了好幾聲，爸爸才接起來。

「繽繽，怎麼了？」

在林齊續的家

「沒什麼，只是要跟你說『我愛你』。」

「好好好，謝謝，爸爸也愛你。好了，我要進去了，我在開會。」

說完，還沒等到繽繽說「拜拜」，爸爸就急急忙忙的掛斷了。放下電話，繽繽忽然有一點覺得沒勁，但是好像也說不清為什麼會突然有這種感覺。

這時，樓下的小森森拿著一本兒童雜誌，滿臉笑容的來敲門了。

「姐姐，陪我一起看吧！你看，這是今天剛剛收到的。」

「嗯，好啊。」繽繽一聽，精神立刻提振了不少。

於是，繽繽就和森森坐到沙發上，開始一起看雜誌。

自從去年升上三年級以後，媽媽就把幾本雜誌給停了，認為那些雜誌對繽繽來說太幼稚，還說繽繽應該開始看那些字比較多的書，其實繽繽還是滿喜歡看這些兒童雜誌，因為這些雜誌上面總是有很多很可愛的圖。

幸好森森家還有訂，所以，每次雜誌一到，森森總是會拿來跟繽繽一起看。森森識字不多，繽繽都很樂意念給他聽。

這期有一個關於復活節彩蛋的故事，這讓繽繽馬上就聯想起今天在學校裡進行的「護蛋遊

戲」。

「我跟你說，今天我們在學校裡……」

繽繽從陳老師捧著一個紙箱走進教室開始說起，說得很詳細，也很清楚。

「最後只有幾個女生的雞蛋沒破，我是其中之一。」說到這裡，繽繽的口氣裡不無幾分得意，但隨即又說：「不過我也好險，差一點就破了，因為那些男生一直來鬧我，想害我把雞蛋打破，都把我氣哭了——男生都是白癡！」

「姐姐，我不是喔！」小森森抗議。

繽繽一聽，摟摟森森，笑著說：「你當然不是啦，你例外。」

「還有我爸爸也不是，他是科學家。」

「那我爸爸也不是啦，他是老師。」

說著，繽繽覺得這樣數下去很麻煩，乾脆重新又說了一遍：「只有我們班那幾個討厭的男生是白癡……」

這時，奶奶剛好從廚房出來，聽見了一點點，儘管還搞不清是怎麼回事，但還是趕緊說：「繽繽啊，在說誰呢，不可以跟同學吵架喔！」

「沒有啦。」

「姐姐，為什麼你們班那些男生都保護不了雞蛋啊？」

在森森的想像中，他覺得要保護一顆雞蛋應該不會太難才對呀。

「我也不知道，反正我們班那些男生一個個都像猴子一樣，坐都坐不住，從一開始老師還在發雞蛋的時候，我就知道他們一定很快就會打破的。」

「那你覺得我可以嗎？」森森問。

「可以什麼？」

「保護一顆雞蛋。」

「你呀，我不知道啊，你可以試試看啊。」

其實，繽繽只不過是隨口一說，然而沒有想到的是，稍後，當森森下樓回到家以後，立刻做了一個決定──他也要來保護一顆雞蛋！

不僅如此，森森甚至決定要做一件更特別的事──他要來孵化一

顆蛋！

可想而知，當外婆發現森森想幹的好事時，馬上就把森森大罵了一頓！

幸好，森森在一開冰箱的時候就被發現了，這才沒有平白損失一個土雞蛋。這些土雞蛋，都是親戚最近才剛剛從鄉下特別寄上來的呢。

林奶奶的信

第二天一早，陳老師才剛剛到學校沒多久，就被請進了校長室。

陳老師在前往校長室的時候，心裡是有一點忐忑的，心想，該不會是又有家長來投訴吧？但是一進校長室，看到楊校長並沒有特別的板著臉，心情才稍微放鬆下來，沒那麼緊張了。

「陳老師，」楊校長開口了，「我聽說，昨天你帶著小朋友做了一個很特別的活動？」

一聽到校長這句開場白，陳老師的一顆心馬上又被提了起來。

「是不是家長有意見？」陳老師著急的問。

楊校長笑笑，「你別急，昨天晚上我是接到了好幾通電話——」

校長停下來，似乎是在考慮措辭，這讓陳老師感到更緊張了。

或許是看到陳老師緊張的樣子，校長趕緊又說：「有電話不見得都是壞事啊，我也接到希望表揚你的電話。」

陳老師心想，校長的言下之意，或者說無意中透露出來的訊息已經很明顯，那就是說，確實是有家長來投訴了？

陳老師想，哎，難道昨天進行的活動確實是吃力不討好？就像媽媽說的那樣？

校長說：「首先，我覺得還是要讚美你，肯用心投入教育總是好事，你可不可以告訴我，怎麼會有這樣的點子？」

「我……我是從書上看到的。」

「原來如此。那作者有沒有說進行的情況是怎麼樣的？」

「沒……我就覺得這個活動很有意思。」

「你想藉這個活動，傳達什麼樣的訊息給小朋友呢？」

陳老師於是大致說了一下。由於昨天才和母親說過同樣的主題，現在陳老師說得特別流暢。

校長聽了以後，還是先表示肯定。

「大家都說『成人成材』，是應該先求成人再求成材，德行教育確實很重要，不過……」

楊校長也提醒陳老師，以後在做教案設計的時候，考慮還是要周全些，要多想想有沒有更簡單、但是可以同樣達到教學目標的方式，不必非要如此勞師動眾，所謂殊途同歸啊……

陳老師覺得校長說的都還算中肯，她都可以接受，再說，校長畢竟也沒有否定自己，甚至沒有轉述那些有意見的家長所提的意見，因此，在短暫的談話結束之後，陳老師的情緒算是可以澈底放鬆了。

走出校長室，陳老師就打算直接去班上。才剛剛走了一小段，只見班長劉巧慧氣喘吁吁的跑到自己的面前，「報告老師！李樂淘和張子陽在爬樹！都叫不下來！」

「爬樹？爬什麼樹？」

「廚房附近那棵大樹，好像是為了上面的鳥巢。」

陳老師吃了一驚，趕緊要劉巧慧帶路，想要盡快趕過去。

這個時候正是下課時間，廚房一帶好熱鬧，而那棵大樹下面更熱鬧，聚集了好多的小朋友，陳老師的眼神一掃，發現自己班上的小朋友就占了一大半。再抬頭一看，哎呀，李樂淘和張子陽真的在樹上，而且還在拚命的往上爬哪！

「鎮定！我要鎮定！」陳老師告訴自己。

但是，她現在太著急了，這畢竟涉及到安全問題，安全是天大的事，萬一小朋友摔傷了，那可是不得了的！

陳老師一急，馬上扯著嗓子大喊：「李樂淘！張子陽！快下

來！」

兩個小鬼一聽到陳老師的聲音，都愣了一下。

往下一看，除了一大堆看熱鬧的同學，還看到陳老師一臉著急的站在樹下。

李樂淘朝老師大聲回應道：「馬上就下來！」

「不行！」陳老師急著下令，「現在就下來！爬樹多危險啊，快下來！」

李樂淘和張子陽互看一眼。

李樂淘隨即又喊：「馬上就下來啦！我們要看看蛋還在不在！」

陳老師差一點就要脫口大喊「什麼蛋？」但是，她一方面迅速意識到如果這樣一喊實在很難聽，而且，她其實也已經迅速想到，李樂淘指的一定是鳥蛋。

陳老師轉身就近問站在自己身邊的劉巧慧，「他們是要看鳥蛋嗎？怎麼會突然想到要看鳥蛋？這裡是什麼時候有這麼大的一個鳥巢啊？」

劉巧慧剛要開口，但是還來不及發聲，其他一大堆小朋友就已經紛紛搶著嚷嚷了。

李家富說：「是高年級的幾個男生先開始的！」

平常和張子陽比較要好的王修身說：「他們只是不放心，想要看一下！」

隔壁班的宋小銘說：「是我先發現的！」

其他小朋友們七嘴八舌的都在搶著說話，結果陳老師反而什麼也聽不到，只得大聲說：「停停停！你們都先安靜！一個一個慢慢說……」

林齊繽舉手了。

「林齊繽，你來說，這到底是怎麼回事？」

「昨天大家發現這棵樹上多了一個鳥巢……」

宋小銘又插嘴道：「是我先發現的！」

「好，你先發現的，來，林齊繽，你繼續說。」

「剛才早上一到學校，李樂淘他們聽說鳥巢裡有兩顆鳥蛋，就跑過來看，他們過來的時候，剛好看到幾個高年級的男生從樹上下來，李樂淘就問他們有沒有看到鳥巢裡的鳥蛋，那些高年級的男生就嘻皮笑臉，還推來推去，李樂淘和張子陽就很擔心那兩顆鳥蛋，怕被那幾個男生打破了，所以就說要爬上去看一下。」

「哇，你怎麼知道得那麼清楚啊！」陳老師驚嘆道。

林齊繽指指身旁的劉巧慧，「因為那個時候我們也在，我們一聽說鳥巢裡有兩顆鳥蛋的時候，也跟著跑過來看。」

就在這時候，剛才還在樹上的李樂淘和張子陽，轉眼都已經下來了，一下來就興高采烈的宣布：「鳥巢裡真的有寶貝蛋！而且不是兩顆，是三顆！」

「耶！」小朋友們都歡呼。

稍後，當陳老師帶著小朋友回到班上的時候，林齊纘拿了一封信過來。

「老師，這是我奶奶寫給你的。」

陳老師打開一看……

「陳老師，您好。今天聽纘纘回來說起您帶他們做的活動，我非常感謝您，我覺得您做得很對，現在確實需要重視感恩教育，現在的人好像都愈來愈自私了，總是只想著別人應該為自己做什麼，不斷的要求，卻不想想自己能為別人做些什麼，也不懂得珍惜所有……」

看完信，陳老師的心中感到一陣暖意……

鳥巢裡的寶貝蛋

接下來，一連好幾天，校園裡掀起了「保護寶貝蛋」的行動。這個「寶貝蛋」指的當然是鳥巢裡的那三顆可愛的鳥蛋。經常有小朋友自發性的來到樹下，仰著小腦

袋，看著鳥巢，關心著鳥巢是不是安然無恙。

楊校長也聽說了這件事，還特別在朝會中對全校所有的小朋友們說：

「鳥媽媽一定是覺得我們的校園實在是太可愛了，還有小朋友們朗朗的讀書聲也實在是太好聽了，所以才會帶著小寶寶搬到我

們學校來，大家一定要愛護這個小鳥家庭，不讓牠們受到任何一點傷害，也要愛護我們的學校，經常提醒自己，我們能夠在這麼美好的環境裡求學，是一件多麼幸福的事……」

這個小鳥家庭，尤其是鳥巢裡的三顆寶貝蛋，就這麼緊緊牽動著許多小朋友的心。

大家都希望牠們能夠平平安安，一直到被鳥媽媽順利孵化，然後在不久的未來，快快樂樂的在天空中飛翔。

國家圖書館出版品預行編目資料

保護寶貝蛋/管家琪著；郭莉蓁圖. -- 初版. --
臺北市：幼獅文化事業股份有限公司, 2021.02
112 面；14.8×21公分. -- (故事館；75)
ISBN 978-986-449-214-5（平裝）

863.596　　109021133

・故事館075・

保護寶貝蛋

作　　者＝管家琪
繪　　者＝郭莉蓁
出 版 者＝幼獅文化事業股份有限公司
發 行 人＝李鍾桂
總 經 理＝王華金
總 編 輯＝林碧琪
主　　編＝韓桂蘭
編　　輯＝謝杏旻
美術編輯＝李祥銘
總 公 司＝10045臺北市重慶南路1段66-1號3樓
電　　話＝(02)2311-2832
傳　　真＝(02)2311-5368
郵政劃撥＝00033368

印　　刷＝錦龍印刷實業股份有限公司
定　　價＝280元
港　　幣＝93元
初　　版＝2021.02
書　　號＝984265

幼獅樂讀網
http://www.youth.com.tw
e-mail:customer@youth.com.tw
幼獅購物網
http://shopping.youth.com.tw

行政院新聞局核准登記證局版臺業字第0143號

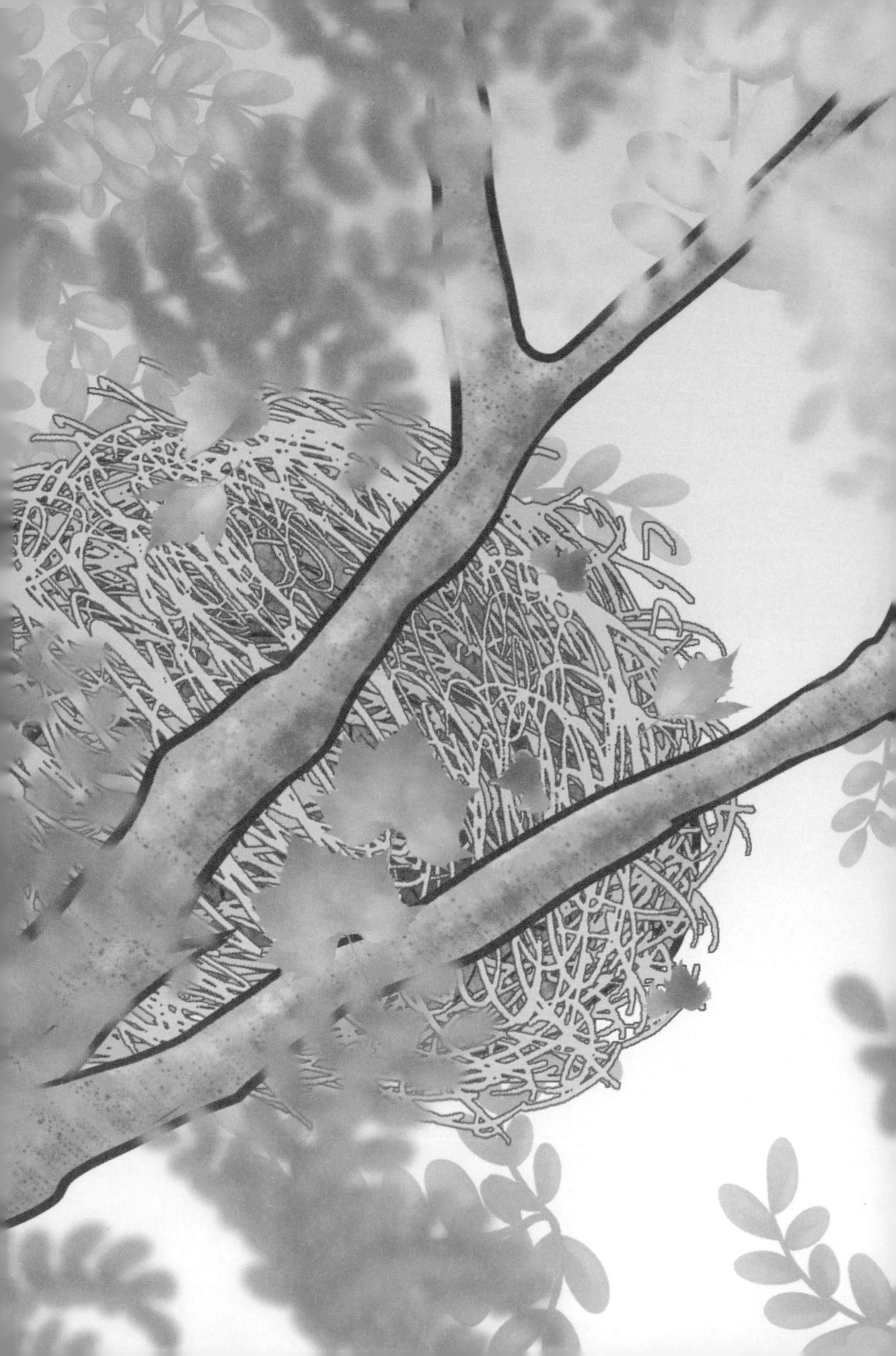